*Illustriert und gestaltet von Rita Schöning*
*Textüberarbeitung Helga Veit-Gommel*

Herausgeber:
Verlag Anton Plenk
Koch-Sternfeld-Straße 5
83471 Berchtesgaden
Telefon 08652/4474 - Fax 66277
e-mail: Plenk-Verlag@t-online.de
http://www.Plenk-verlag.com

Bilder: Rita Schöning
Texte: Helga Veit-Gommel
Satz und Gestaltung: Verlag Anton Plenk
Lithos: Scan Litho Huber, Berchtesgaden
Druck: Druckerei Wolfgang Plenk KG, Berchtesgaden
Buchbindearbeiten: Almesberger, Salzburg
1. Auflage Sommer 1998
ISBN 3-927957-08-9



Die Deutsche Bibliothek - CIP-Einheitsaufnahme
**Sagen und Märchen aus dem Berchtesgadener Land** / [Bilder: Rita Schöning. Texte: Helga Veit-Gommel]. - Berchtesgaden : Plenk, 1998
ISBN 3-927957-08-9

# Sagen und Märchen aus dem Berchtesgadener Land

*Für meine Kinder*
*Marion, Sigi und Andi*

## Wie entsteht eine Sage ....

Wenn das Handeln eines Menschen sich über das Gewöhnliche erhebt, werden seine Taten von den Augenzeugen den Ferngebliebenen erzählt.

Aus Furcht, Bewunderung oder Dankbarkeit wird so ein Erlebnis immer wieder erzählt und mit der Zeit verwischt sich der ursprüngliche Charakter des Erlebten.
Die Fantasie der Wiedererzähler schmückt aus, setzt hinzu oder läßt weg, und das Bild wird nebelhaft.
Seine Dimensionen steigern sich, um den Eindruck zu erhöhen, ins Ungeheuerliche.

Das Bedürfnis, die Gottheiten vorstellbar zu machen, führt dazu, ihnen menschliche Begierden, Kräfte und Handlungen zu unterlegen.
Die einfache Erzählung wird zur Sage, welche als Eigentum des Volkes unvergessen bleibt.

# Inhaltsverzeichnis

# König Watzmann

Vor undenklichen Zeiten herrschte im Berchtesgadener Land ein grausamer König, den man „König Watzmann“ hieß. Sein Umgang mit seinen Untertanen war rauh und wild und jedermann fürchtete sich vor ihm. Man sagte ihm nach, daß er schon aus der Mutterbrust das Blut gesaugt hätte.

Seine größte Lust waren die Jagd und seine Jagdhunde, schrecklich blutrünstige, auf das scheue Wild abgerichtete Rüden, die aber auch Menschen anfielen.

So tobte der König durch die Wälder mit dem Lärm der Jagdhörner und dem Gebell seiner Meute, gefolgt von seinem ebenso bösen Weibe und seinen Kindern. Kreuzte jemand zufällig seinen Weg, so wurde er gnadenlos niedergeritten. König Watzmann und seine Jagdgefährten nahmen auf ihren Ausritten auch keine Rücksicht auf das bestellte Land und sie verdarben die Saat, daß des Landmannes Felder keine Ernte mehr trug. Sein Schreckensregiment machte das Land arm und der Hunger war allenthalben in den Hütten ein ungebetener Gast.

Gottes Langmut ließ des Königs schlimmes Tun noch lange gewähren. Eines Tages jagte der König wieder mit seinem Troß und

König Watzmann

kam auf eine Waldeslichtung, auf der eine Herde weidete und ein Hirtenhäuslein stand. Vor der Hütte saß die Hirtin und hielt mit Mutterfreuden ihr schlummerndes Kind in den Armen. Daneben wachte ihr treuer Hund und in der Hütte ruhte ihr Mann, der Hirt. Plötzlich zerstörte der tosende Jagdlärm diese friedliche Stille und brausend näherte sich die Meute des Königs. Der Hund der Hirtin sprang bellend auf; schon hing einer der Jagdhunde an seiner Kehle und biß sie durch, während ein anderer seine scharfen Zähne in den Leib des Kindleins schlug und es zerfetzte.

Schreckensstarr fiel die Mutter zu Boden, zu Füßen des Königs Watzmann, der lauthals über das Unheil lachte. Der Hirt, aufgeschreckt durch den gewaltigen Lärm, stürzte aus der Hütte und erschlug den rasenden Hund, der sein Kind tötete. Das war das Lieblingstier des Königs und die Wut über dessen Tod vermehrte noch die teuflische Grausamkeit des Herrschers. Er hetzte Tiere und Knechte auf den Hirten und sein Weib und frohlockte und lachte, als diese von den Untieren zerrissen und von den Männern gemetzelt in ihrem Blute schwammen.

Da endete die Langmut Gottes.

Ein dumpfes Grollen erhob sich, krachender Donner entlud sich aus den Höhen und in den Klüften erscholl ein Heulen, das die Menschen des Landes erzittern ließ. Die Hunde würgten ihren Herrn, den König, die Königin und seine Kinder, daß ihr Blut zu Tal strömte. Ihre Körper aber wuchsen versteinert zu Bergen.

So stehen sie da in der Berchtesgadener Bergwelt, der eisumstarrte König Watzmann, sein Weib und um ihn seine sieben Kinder. Tief unten liegen die Becken zweier Seen, in die einst das Blut der Grausamen floß.

Noch heute begleitet gewisse Furcht den Wagemutigen, der den Watzmann erklimmen will, und er tut gut daran, mit viel Aufmerksamkeit und Vorsicht sein Ziel zu erreichen, denn noch immer fordert der marmorkalte Bergriese seine Opfer.

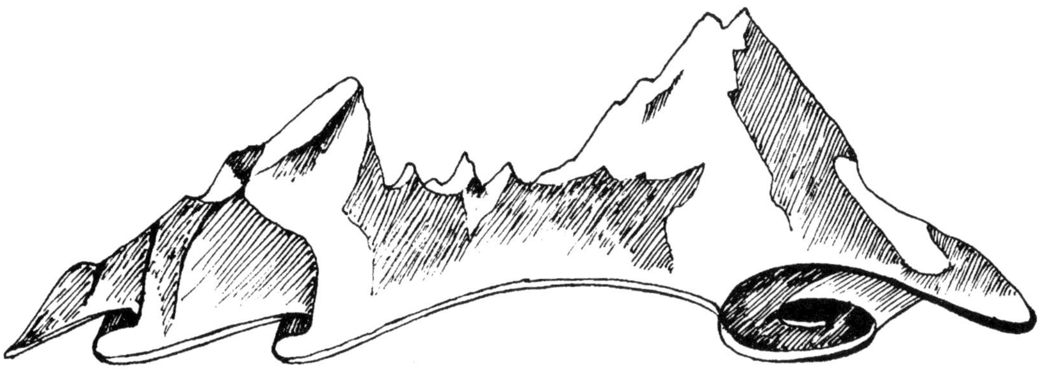

# Die Steinerne Agnes

Auf dem Lattengebirge, hoch über Hallthurm, erhebt sich eine Felssäule, die in einem kopfähnlichen Gebilde auf schlankem Hals endet. Man nennt sie rundum in der Gegend „die Steinerne Agnes“.

Folgende Geschichte weiß man von diesem merkwürdigen Naturmonument zu berichten:

Auf einer Alm droben im selben Gebirge lebte einst eine Sennerin. Sie hieß Agnes und war ein blitzsauberes Dirndl, arbeitete fleißig, war lustig und heiter und eine fröhliche Gastgeberin, wenn von anderen Almen die Mädchen und Burschen zum „Hoagascht“ (Besuch) kamen. Dabei war sie auch fromm und gottesfürchtig und sie vergaß nicht, schon am frühen Morgen vor dem Kreuz am nahen Weg ihre Andacht abzuhalten.

Das ärgerte den Teufel gewaltig und in vielerlei Gestalt näherte er sich dem Mädchen und versuchte, es als Jäger, Hirt oder Musikant mit schönen Reden oder flotten Weisen zu betören. Sein sollte sie werden - um jeden Preis. Aber all seine Verstellungskünste und Lügen waren umsonst. Das reine Mädchen durchschaute seine Absicht.

Steinerne Agnes

Und weil ihr seine Annäherungen unheimlich wurden, nahm sie noch eine Sennerin mit in ihre Hütte. Da sann der Teufel auf eine List, um sie allein in seine Gewalt zu bekommen.

Die schönste Kuh aus der Herde trieb er weit weg von den übrigen Tieren bis hinunter zu einer Alm, die „Almgarten" hieß und nach St. Zeno gehörte.

Nach langem Suchen fand Agnes endlich das Tier und wollte es heimtreiben. Da stand plötzlich als Wildschütz der Teufel vor ihr und sah sie mit begehrlich funkelnden Augen an. Agnes schrie laut auf und begann um ihr Leben zu laufen. Der Teufel jagte hinter ihr her und meinte, sie schon ergreifen zu können. Agnes rief in ihrer Not die Himmelsmutter um Beistand an! Da öffnete sich vor ihr ein Spalt in der Felswand und sie huschte hinein und glaubte, dem Bösen entronnen zu sein. Der aber ist ihr auf den Fersen, stürzte auf sie los, will sie fassen - und rennt sich seine große Nase ein.

Agnes` Leib hat sich in Felsgestein verwandelt. Ihre reine Seele aber haben zwei Engel in den Himmel getragen.

Der vor Schmerzen und Enttäuschung laut aufjaulende Teufel fuhr zornig, Gift und Galle sprühend, und eine Schwefeldampfwolke hinterlassend hinab in sein unterirdisch höllisches Reich.

Heute heißt diese Felswand das „Teufelsloch", und einmal im Jahr, am Sonnwendtag, blitzen die Strahlen der Sonne durch die Öffnung in dieser Wand.

Dann hört man die „Steinerne Agnes" jauchzen und ihr Freudenschrei schallt weit hinaus bis nach Bischofswiesen und gar hinunter bis nach Reichenhall.

# Kaiser Karl im Untersberg

Von keinem Berg in Deutschland gibt es so viele Sagen und Märchen wie sie vom Untersberg erzählt werden, und in einem alten Volksbüchlein wird er sogar der „Wunderberg" genannt. Gar wundersame Geschichten drehen sich um ihn, dem Sitz der Erdgeister und Feen, der Zauberer, Hexen und anderer heimlich - unheimlichen Wesen. Daß auch Edelleute und gekrönte Häupter in ihm Zuflucht und Ruhestätte fanden, mag man ihm, dem majestätischen Berg, wohl zugestehen und glauben.

So ruht in seinem Innern seit langer Zeit Karl der Große in einem prächtigen Marmorsaale, an einem Marmortische sitzend. Dort thront er schlafend, von Fürsten und Scharen getreuer Gefolgsleute umgeben, mit seiner glitzernden Krone auf dem Kopfe und das Reichszepter in seiner Rechten. Er, der im Jahr 742 geboren ist, zum Frankenkönig 768 erhoben und schließlich als Kaiser des weströmischen Reiches in Rom am Weihnachtstag im Jahr 800 gekrönt wurde, schlummert hier im Untersberg nach seinem Begräbnis im Aachener Münster im Jahr 814 mit all seinen Getreuen. Sein weißer Bart, mit einem kostbaren Perlenband durchflochten, ist zweimal um den Tisch herumgewachsen. Der Kaiser mag von der Glanzzeit seiner Regierung träumen, in der Deutschland ein

Kaiser Karl im Untersberg

mächtiges großes Reich geworden war, in dem für Rechtsordnung gesorgt wurde, die Grenzen gesichert waren, Handel und Gewerbe unterstützt und die Bildung in Kunst und Wissenschaft durch Klöster und Schulen gefördert wurde.

Von Zeit zu Zeit erwacht er und mit ihm sein Gefolge. Ein Edelknabe wird dann nach dem Geiereck gesandt, um zu zählen, wieviele Raben den Berg umkreisen. Sind es nur weniger als 24 Vögel und gibt der Knabe hiervon Kunde, so neigt der Herrscher sein Haupt mit leisem Wehlaut und versinkt mit den Seinen wieder in die alte Erstarrung.

Erst wenn 24 Raben, nicht mehr und nicht weniger, den Untersberg umfliegen, und nach einer weiteren Prophezeiung, des Kaisers Bart dreimal um den Tisch gewachsen ist, dann ist die Zeit Karls des Großen gekommen:

Dann brechen seine tapferen Krieger aus dem Berge hervor und befreien Deutschland aus höchster Not.

Der Sieg über die Feinde seines Landes läßt Kaiser Karl auf seinem dreifüßigen Schimmel davongaloppieren und sein Ritt trägt ihn hoch hinaus über die Wolken hinweg. Seine Hand schwenkt die Siegesfahne, die flatternd, einer roten Flamme gleich, in der Ferne verweht.

# Die Jungfrau vom Königssee

Einst hat ein junger Bursch aus Salzburg in der Berchtesgadener Gegend um Arbeit nachgesucht. Er fand Aufnahme in einem wohlhabenden Hause und weil er klug und anstellig war, hatte er als Jägerbursch bald sein gutes Auskommen.

Der Hausherr, ein Jäger, war Vater eines hübschen Töchterleins, das Gefallen an dem schmucken Burschen fand, und so fielen beide bald in Zuneigung zueinander und gewannen sich lieb. Da starb auf einmal der Alte, und der Jägerbursch mußte das Haus verlassen und weiterziehen, weil man ihn nicht mehr brauchte. Er war trotz seines erhaltenen Lohnes zu arm, um im Ernst daran denken zu können, einmal die reiche Dirn zu ehelichen.

Schweren Herzens zog er von dannen und baute sich eine kleine Hütte in der Wildnis der Berchtesgadener Wälder am Fuße des Priestersteins. Das muß ein schöner Fleck Erde gewesen sein, denn später errichteten sich dort die Fürstpröbste an der gleichen Stelle ihren Sommersitz.

Es war ein Jahr vergangen, als der Bursch einmal gedankenverloren vor seiner Hütte saß und seine Hunde anschlagen hörte, als witterten sie Edelwild in der Nähe. Er stand auf und aufmerksam verfolgte er die Spur des Wildes, entfernte sich weit von seiner Hütte und gelangte schließlich zum ersten Male an die Ufer des Königssees. Von einem Stein am Rande des Sees erfreute er sich an der Schönheit des tiefgrünen Gewässers.

Während er so dasaß, kam auf einmal ein wunderschöner weißer Schwan auf ihn zugeschwommen, der kurz ins Wasser hinabtauchte und als liebreizende Jungfrau im nächsten Augenblick vor ihm stand.

Jungfrau vom Königssee

Freundlich grüßte sie den Erschrockenen und fragte, was ihm denn fehle. Der Bursche erzählte ihr von seinem Anliegen, daß er seinen Schatz, die Tochter des verstorbenen Jägers, verlassen mußte, weil er zu arm sei, um sie heiraten zu können.

Die gute Fee sprach ihm Mut zu, und sie würde ihm schon helfen. Sie sei die Dienerin eines mächtigen Königs, der in der Tiefe des Sees seine Residenz habe. Er solle ihr nur folgen.

Und der Jüngling ging mit ihr und sie führte ihn zu verborgenen Schluchten und Höhlen und zeigte ihm die Goldschätze des Gebirges. Davon solle er nehmen, soviel er begehre. Das ließ der Jägerbursch sich nicht zweimal sagen, griff mit beiden Händen zu und packte sich die Taschen voll, soviel nur hineinging. Daraufhin führte ihn die Jungfrau wieder zurück zum Ort ihres Zusammentreffens. Und wieder glitt ein Schwan, majestätisch die spiegelglatte Fläche des Wassers durchschneidend, über den See davon.
Nun eilte der glückliche Bursche gleich zu seinem geliebten Mädchen, trug ihr Herz und Hand an und beide wurden durch das Band der Ehe miteinander vereint.

Eine ganze Zeit lang lebten sie froh und zufrieden und dachten in Dankbarkeit an die Jungfrau vom See.
Leider blieb ihr gemeinsames Leben nicht so, denn der erst so Glückliche wurde übermütig und vertat sein Hab und Gut leichtfertig in Lustbarkeiten und suchte auch außerhalb seiner Familie sein Vergnügen. Zuletzt kam er in großes Elend und schließlich saß er oft weinend an der Stelle, an der ihm die Jungfrau geholfen hatte. Eines Abends erschien sie ihm wieder und es sollte ihm noch einmal Hilfe zuteil werden.

Dieses Mal geleitete sie ihn aber nicht zu den Goldschätzen, sondern zeigte ihm die Salzlager des Gebirges. Da sollte er schürfen.

So geschah es auch, und das Salz blieb eine ergiebige Quelle des Wohlergehens für ihn und seine Nachkommen. Man sagt, er habe Berthold geheißen und seine Söhne hätten nach ihm den Ort „Berchtoldsgaden“ genannt.

# Die Schlafende Hexe

Es geht die Sage im Berchtesgadener Land, daß in den bayerischen Bergen, nahe dem Predigtstuhl und Schlegel, eine seltsame Frau hauste, die als Hexe bekannt war. Man nannte sie die Kräuterhexe vom Lattengebirge.

Ihr Wissen um die Heilkraft der Wildkräuter war groß und ihre Hilfe gegen Gebrechen, mit denen die Menschen zu ihr kamen, sprach sich weit im Lande herum. Auch Liebestränke wußte sie zu mischen und so wurde sie nächtens oft um diesen Zaubertrank von jungen Burschen und auch Mädchen aufgesucht.

Man ging zu ihr in Nöten, dennoch fürchtete man sie sehr. Ihr häßliches Aussehen, ihre wunderliche Umgebung, in der auch Echsen und Dohlen ihre Heimstatt hatten, und ihr zauberisches Gebahren erschreckten ihre Besucher.

So kam es mit der Zeit, daß viele wohl ihre Hilfe in Anspruch nahmen, sie aber sonst mieden und ihr tunlichst aus dem Wege gingen. Auch böse und verleumderische Reden kamen über sie in Umlauf.

Die Schlafende Hexe

Das merkte freilich die Hexe und ihre anfängliche Enttäuschung und Trauer über diese Bosheit mischte sich mit Grimm und Wut. Allmählich verwandelte sich ihr Wesen zum Bösen und sie begann, die Menschen zu hassen.

Sie ersann viel Ungemach, das sie Ihnen bereitete, schließlich verabreichte sie ahnungslosen Wanderern anstatt eines Bechers frischen Wassers ein krankmachendes Zaubergebräu.

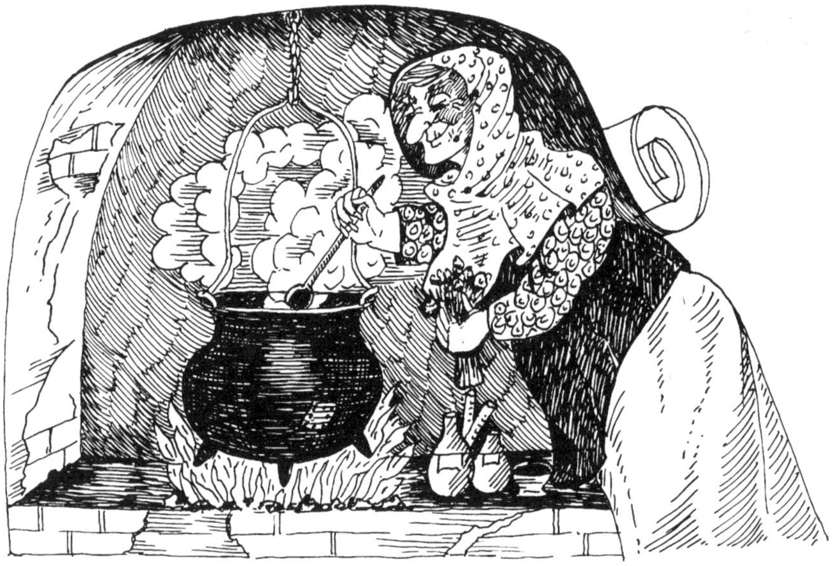

Sie richtete, wo sie nur konnte, Unheil an. Man wußte sich ihres unheimlichen Wirkens nicht zu erwehren und bat endlich den Gottesmann Martinus, zu ihr zu gehen, um sie zu besänftigen.

Als sie den Heiligen auf ihre Hütte zukommen sah, griff sie nach einem schweren Felsbrocken, mit dem sie ihn erschlagen wollte. Da hielt ihr dieser ein Kreuz entgegen. Im gleichen Moment ging ein gewaltiges Beben durchs Gebirge und die böse Hexe wurde in Felsgestein verwandelt.

Noch heute kann man, wenn man von Hallthurm nach Berchtesgaden fährt, die steinerne Hexe vom Lattengebirge erkennen.

Ihre lange krumme Nase und ihr spitzes Kinn hoch aufgereckt, kann man sich ihre Körperlichkeit über die Brust bis zu den Fußspitzen gut vorstellen.

Da liegt sie nun und schläft den tiefen Schlaf bis zum Jüngsten Tag, an dem ihre guten Taten in die Waagschale der Gerechtigkeit geworfen werden und die Ihr möglicherweise Erlösung und Vergebung bringen.

# Die drei Brüder auf der Reutalm

Wer am lieblichen Hintersee entlang zum Hirschbichl wandert, sieht zu seiner Rechten einen mächtigen Gebirgsrücken, die Reut- oder Reiteralm. Auf ihm erheben sich kühn geformte Bergspitzen: Der Eisberg, der Edelweißlahner, die Mühlsturzhörner und auf der Westwand „Die drei Brüder", wie die schlanken Felszinnen im Volksmund heißen. Von ihnen geht folgende Sage:

Einst lebte zu Reit, einem Grenzdorf zwischen Unken und Lofer, ein Bauer mit seinen drei Söhnen. Sie bewirtschafteten miteinander einen Hof, dem man ansah, daß er schon bessere Zeiten gesehen haben mochte, denn die zwei älteren Söhne kannten keine größere Freude als die Gamsjagd.

Kaum daß die notwendigste Arbeit getan war, schulterten sie ihre Gewehre und stiegen hinauf auf Bergeshöhn. Hie und da ließ sich auch der Jüngste, der sonst gern auf dem Felde arbeitete und seinem Vater willig zur Hand ging, von ihnen verleiten, oben auf der wildreichen Alm zu jagen.

Die drei Brüder

So geschah es auch an einem Sonntag, daß die drei Brüder, noch bevor die Sonne über dem Hohen Göll aufstieg, gemeinsam aufbrachen, um auf die Jagd zu gehen. Frisch und voller Jagdeifer begannen sie behenden Fußes die steile Wand zu erklimmen. Sie hatten kaum eine Strecke zurückgelegt, als sie die Kirchenglokken vom Dorfe Unken das „Ave Maria" einläuten hörten.

Erschrocken mahnte der Jüngste zur Heimkehr, um rechtzeitig zur Messe gehen zu können. Aber seine Brüder taten, als hörten sie seine Mahnung nicht und stiegen weiter bergan. Eine gute Weile darauf rief die Glocke zum Gottesdienst und wiederum drängte der eine zum Abstieg. „Gambs wollen wir pfeifen hör'n, das klingt schöner als des Pfarrers Predigt!", hielten ihm die anderen lachend entgegen und kümmerten sich nicht um des Jüngsten Bitten.

Schon dachte der jüngste der Brüder daran, alleine die Umkehr zu wagen, doch er scheute den Spott seiner Brüder und folgte ihnen. Da erreichten sie den Grat und wieder hörten sie den Klang der Glocken aus dem Tal, die dem Jüngsten weit mächtiger zu klingen schienen als die vorigen Male. Er bekreuzigte sich, fiel auf die Knie und flehte: „Haltet ein, jetzt ist die Wandlung!" Seine Brüder aber lästerten: „Ein feister Gambsbock heroben ist uns lieber, als drunten ..."

Weiteres hörte man nicht von ihnen. Dröhnender Donner hatte ihre Worte verschlungen. Pechschwarze Wolken jagten am Himmel, grelle Blitze zuckten um die Felsen, Hagelkörner prasselten hernieder, Gesteinsbrocken lösten sich von der Wand, sprangen talwärts und schlugen tiefe Breschen in das grüne Dickicht.

Voller Schrecken und Grausen vernahmen die Unkener Dorfbewohner das gewaltige Toben und waren sicher, daß der Jüngste Tag mit seinem Strafgericht gekommen sei. Erst als sich nach einer Reihe von krachenden Erdstößen das furchtbare Unwetter legte, vermochten die zu Tode erschrockenen Menschen aufzuatmen. Die dunklen Wolken verzogen sich, Sonnenstrahlen fielen auf Berg und Tal und milde Lüfte umwehten die Höhen.

Auf dem Grat der Reutalm reckten sich drei hohe Felsspitzen hinauf in das strahlende Blau des Berchtesgadener Sommerhimmels. Von den Brüdern hat kein Mensch mehr ein Sterbenswörtl gehört, noch hat jemand eine Spur von ihnen gesehen.

# Die Zwerge vom Untersberg

Wer kennt sie nicht, die kleinwüchsigen Gestalten, die sich in den Märchenbüchern unserer Kindertage tummeln, mitunter Schrekken verbreiten, doch hauptsächlich brave Menschenkinder, die ein hilfreiches Herz haben, mit ihren Zauberschätzen belohnen.

Das Volk der Zwerge wird als gutmütig und wohltätig, voll Klugheit und Verstand geschildert, doch einzelne aus ihren Reihen sollen bisweilen auch boshaft, falsch und diebisch sein.

Sie leben in Heerscharen nicht nur in deutschen Wäldern, Höhlen und Schrebergärten, auch der Untersberg bietet ihnen mit seinen Klüften, Schlupflöchern und winkligen Gängen eine wohlige Heimstatt. Sie gelten als die Urbewohner der Erde und werden steinalt. Ihr Wachstum erreicht kaum die Größe eines vierjährigen Kindes, doch ihr Aussehen gleicht Zeit ihres Lebens dem eines alten bärtigen Mannes. Mit grober Kleidung angetan, die dazu noch die Farbe des Lehmes aufweist, sind sie gut getarnt und sehr schwer zu entdecken.

Die Zwerge

Ihr Wirkungsgebiet erstreckt sich in den Schluchten und Tiefen der Erde, wo sie Bergbau betreiben und Gold und Silber aus dem Gestein schürfen. Es ist ein fleißiges Völkchen, dem nach getaner Arbeit der Sinn für Fröhlichkeit, Musik und Tanz nicht abgeht. Sie lieben es, bei Hochzeiten und Erntefesten der Menschen auf dem Tanzboden zu erscheinen und ein Tänzchen zu wagen,

ohne dabei ihre Tarnkappe überzustreifen, wie sie es sonst beim zufälligen Zusammentreffen schnell tun. So manch ein Hochzeitsgast und Festbesucher weiß davon zu erzählen, der irrtümlich erst glaubte, einen Schluck zuviel über den Durst getrunken zu haben.

Im allgemeinen halten sich aber die Wichtel oder Gnome, wie sie auch genannt werden, vom Menschengeschlechte fern und scheuen vor demselben zurück, obwohl auch davon berichtet wird, daß sie bei manch einem Handwerker glückbringend als Gehilfe gearbeitet haben. Dienste, die man ihnen geleistet hat, belohnen sie reichlich, fordern dafür aber Stillschweigen. So kann es vorkommen, daß man einem, dem der Wohlstand schnell zuwächst, die Hilfe der Untersbergzwerge nachsagt.

In Zeiten bevorstehender harter Zwistigkeiten und Kriege strömen die Zwerge wohlgerüstet aus dem Berg hervor und bilden einen Schutzwall um ihr Reich.

Meßgesänge ertönen bald darauf zu mitternächtlicher Stunde aus den dunklen Kirchenschiffen der umliegenden Dörfer der Berchtesgadener Täler. Dann bittet das kleine Volk um Frieden für das Land, daß es bewahrt bleiben möge vor Ungemach, Raubgier und Zerstörung.

# Die Mordau

Am südöstlichen Hang des Lattengebirges, der Grenzmauer Berchtesgadens gegen Reichenhall, ist ein schmales Tal, das mit seinen Almen seit alter Zeit die Mordau genannt wird.

Ein schöner Fleck Erde, der das Auge mit weiter Aussicht auf Watzmann und Hochkalter erfreut, den Wandernden mit dem Duft seiner blühenden Wiesen belohnt und das Gemüt mit all den Farben und Stimmungen erwärmt, das die Mutter Natur für uns bereit hält.

Und dennoch kann man sich eines Schauers nicht erwehren, wenn einem die Begebenheiten in den Sinn kommen, die diesem Tal seinen Namen gegeben haben:

Es lebte dort einstmals eine Sennerin, deren Schönheit weit im Lande bekannt war. Die Zahl der jungen Burschen war groß, die sie begehrten, doch ihr Schatz war ein blonder und blauäugiger Hirt, der sich kein größeres Glück denken konnte, als sie einmal als Eheweib in sein bescheidenes Heim führen zu können.

Die Zeit ging dahin und die Werbung der heiratslustigen Männer um die Gunst der schönen Sennerin hielt an. Bald gefiel ihr ein schmucker Jäger besser als ihr Schatz, doch sie fürchtete einen Streit zwischen den beiden und so sann sie auf eine Lösung, die ihr jedoch nicht einfallen wollte.

Schließlich vertraute sie sich dem Jäger an und der gab ihr den bösen Rat, den jungen Hirten hinauf auf den Hohen Göll zum Edelweißpflücken zu schicken: „Wer weiß, ob er wiederkommt".

Einige Tage später kam atemlos der Hirt gelaufen: „Dirndl, ich bringe schlechte Nachricht, Krieg ist ausgebrochen, der Bayern-

Die Mordau

herzog fällt ins Berchtesgadener Land ein. Von Reichenhall zieht er schon gen Jettenberg. Ich will zum Schutze bei dir bleiben!“

Da lachte die Sennerin und erwiderte: „Da herauf kommt kein Kriegsvolk - und wenn auch, dann schütze ich mich selber. Hole mir lieber zum Zeichen deiner Liebe vom Hohen Göll die schönsten und größten Edelweiß.“

Der treuherzige Bursche mochte ihr, trotz seines angsterfüllten Herzens um sie, den Wunsch nicht abschlagen und stieg in die zerklüfteten Wände des Göll. Zartflaumige Edelweißblüten schimmerten ihm entgegen, aber die waren ihm zu klein. Die schönsten und größten wollte er seinem Dirndl bringen.

Am äußersten Rande eines Felsbandes leuchteten die prächtigsten Edelweißsterne, und gerade die mußte er haben. Schon will seine zitternde Hand einen Stiel erfassen, da löst sich das Gestein und schleudert seinen Körper in die fürchterliche Tiefe.

Zur gleichen Zeit waren der Jäger und die Sennerin vertieft im Liebesspiel, lachten, scherzten und hatten keinen Gedanken an den Burschen, den sie in den Tod geschickt haben.

Doch das Entsetzen traf auch sie. Noch am gleichen Abend stürmte eine Horde Kriegsknechte die Hütte, ermordete das sich verzweifelnd wehrende Liebespaar, plünderten, was ihnen wert schien, trieben das Vieh mit und steckten die Hütte in Brand.

Dann stiegen sie im Schein der lodernden Flammen hinab ins Ramsauer Tal. Das geschah im Jahr 1382 und seit dieser Zeit heißt die Alm: Mord-Au.

# Die Wildfrauen vom Untersberg

Der so mächtige, majestätisch die Landschaft prägende Untersberg beherbergt in seinem Innern, seinen Höhlen und Gängen, so manch menschenähnliches Volk, das dennoch mit Menschen nichts gemein hat. Es ist ein Geistervolk, welches dem Unwissenden verborgen bleibt, dem Wachsamen aber Dinge zwischen Himmel und Erde zu erfahren gibt, die rätselhaft bleiben.

So ist es auch mit den Wildfrauen, die im Berg hausen und sich oft auf den sonnigen Halden sehen lassen. Dabei flattern ihre weißen weiten Gewänder im Bergwind und man könnte meinen, Nebelschwaden treiben dahin. Ihre goldgelben langen Haare, die in den Sonnenstrahlen blitzen, lassen an Goldadern im Gestein denken, die im Lichte schimmern.

Die Wildfrauen

Fremdartig gesungene schöne Melodien klingen dann vom Berg herab ins Tal. Bisweilen wandern die Wildfrauen hinunter nach Gern, gegen Grödig und Anif, und man sagt, sie würden sich dort auch als Mägde verdingen und jedwede Arbeit gern tun.

In ihrer Friedfertigkeit vermögen sie auf den Höfen so manchen Groll zu schlichten und selbst zerstrittene Ehepaare fänden durch ihre vermittelnde Güte wieder zueinander.

Am allerliebsten nähern sich die Wildfrauen den Kindern und versuchen, sie in ihr Zauberreich zu entführen, um sie dort nach ihren Wünschen und ihrem Sinn glücklich zu machen.

Von einem elternlosen Hütebuben geht die Kunde, daß er von den Wildfrauen mitgenommen und aufgezogen, mit Reichtümern und Wissen ausgestattet später als stattlicher Mann dem Land und seinen Bewohnern zum Wohle diente.

Zuweilen sieht man an den Wänden des Untersberges rote und weiße Wäschestücke im Windzug wehen, die von den Wildfrauen für Kaiser Karl und sein Gefolge gewaschen und dort zum Trocknen aufgehängt wurden.

Noch heute hören die Sennerinnen auf den Vierkasern in stillen Samstagnächten das eifrige Ausschlagen der nassen Wäsche. Ganz deutlich sieht man am nächsten Tag das Ergebnis des nächtlichen Treibens, wenn frühes Morgenlicht die Bergwand aufleuchten läßt.

# Frau Bercht

Eine besondere Sagengestalt der Berchtesgadener ist die Frau Bercht. Der Ortsname „Berchtesgaden“ wird von Sprachkundlern als „Gaden der Berchta“ gedeutet, das heißt „Sitz der altheidnischen Göttin Berchta“. Man erzählte viele Geschichten von ihr und noch heute flüstert man respektvoll ihren Namen auf stillen entlegenen Höfen.

Man kennt sie als großgewachsene eindrucksvolle Frau mit langen flachsfarbenen Haaren, die in weite helle Gewänder gehüllt besonders zur Advents- und Weihnachtszeit ihre Umtriebe hält.

In Schneeflockenwirbeln eingesponnen zieht sie übers Land, geht durch Straßen und Gassen, schaut in die Fenster der Häuser und spürt dem Fleiß seiner Bewohner nach.

Zuweilen lugt sie durch den Rauchfang, erfreut sich an dem Anblick sauberer ordentlicher Stuben und achtet auf artige Kinder, die brav am Tische sitzend auf ihren Anteil warten, den ihnen die Mutter gibt.

Frau Bercht

Hingegen hält sie eine schreckliche Strafe für böse und ungezogene Buben und Mädchen und faule Dirnen und nichtsnutzige Mannsbilder bereit.

Man sagt, in den zwölf Nächten ihres Umzugs schneide sie den von ihrer Ungunst Betroffenen den Bauch auf und fülle ihn mit Haaren, Kehricht und Sägespänen. Infolge dieser entsetzlichen Ungnade ist die einst lichte, freundliche Göttin Berchta, die mit der Frau Holle des deutschen Nordens zu vergleichen ist, zu einer Schreckensgestalt herabgesunken.

In der Furcht vor ihrem Zorn hat man am letzten Tag des Jahres einen Festkuchen gebacken, von dem man ein großes Stück für sie beiseite stellte, um sie friedfertig zu stimmen.

Sie ist eine strenge Frau, doch kennt man sie auch als Schützerin und Lohnerin fleißiger und treuer Arbeit. Haben die Mägde ihren Rocken zum Jahresende ganz abgesponnen, so wird es Ihnen gutgehen. Entdeckt Frau Bercht aber noch etwas unversponnenen Flachs am Rocken, so zürnt sie: „So manches Haar - so manches böse Jahr."

Noch in der Wende zum 20. Jahrhundert war es ein Volksbrauch, am Vorabend des Dreikönigstages einen nächtlichen Mummenschanz abzuhalten, den man das „Berchtenlaufen" nannte und der besonders in der Engedey stattfand.

Es ist zu vermuten, daß das heute in vielen oberbayerischen Orten übliche „Perchtenlaufen" in der Vorweihnachtszeit mit dem einstmaligen Berchtesgadener Berchtenlaufen zu verbinden ist.

Das Schreckengestaltenlaufen unter manchen grotesken Namen ist in vielen Gegenden Deutschlands zum wiederaufgelebten und von jungen Burschen besonders gern geübten Brauch geworden.

# Die verwunschene Zither

Ganz zu hinterst im Wimbachtal, welches sich zu Sommerzeiten malerisch dem Wanderer präsentiert, doch im Winter frostig und wenig einladend ist, befand sich eine kleine Hütte, in der ein Jäger ganz allein lebte. Von dort ging er seinem Waidwerk nach und hatte zu jeder Jahreszeit sein pflegerisches und hegerisches Tun.

Der Heilige Abend kam heran und sein Gewissen mahnte ihn, auch heute in die Kälte hinaus und den weiten Weg nach Ramsau zur Christmette zu gehen. Er schaute aufs weite Schneefeld und hinauf in die weißen Bergwände, dachte an den schlechten Steig durch die Klamm und beschloß, daheim zu bleiben.

# Die verwunschene Zither

Er wollte sich die Zeit schon vertreiben. So nahm er nach einem ergiebigen Mahl die Zither von der Wand und es dauerte gar nicht lange, so hallte die kleine Stube wider vom Klang der Schnadahüpferln und all der Lieder vom lustigen Jagerleben, von Liebesleid und Liebeslust, und den flotten Weisen, die er im Geiste sich mit hübschen Dirndln tanzen sah.

Erst spät in der Nacht stellte er das Instrument beiseite und legte sich zur Ruhe auf die Ofenbank. Doch er fand keinen ruhigen Schlaf.

Es war ihm, als würde es hell in seinem Zimmer und eine große schöne Frau stünde an seiner Liegestatt. Ganz deutlich vermeinte er zu sehen, wie sie drohend ihre Hand gegen ihn erhob. Er glaubte, das leise Klingen seiner Zither zu hören, und dann war die Gestalt verschwunden. Sein Herz pochte heftig und er war froh, als endlich der Morgen gekommen war.

Sein erster Blick galt der Zither und er bekam einen gewaltigen Schreck. Die Saiten waren der Länge und der Breite nach durchsponnen mit feinem goldenem Frauenhaar, das nicht zu entwirren war. So ein lichtes Haar hat die Frau gehabt, die in der Heiligen Nacht bei ihm stand.

Still hing der Jäger die Zither an die Wand und sie war ihm Zeit seines Lebens eine Mahnung, jedes Jahr zur Christmette zu gehen, der er noch als alter Mann im weißen Haar gerne nachkam.

# Die weiße Frau von Großgmain

Einst ging in der Abenddämmerung eines kalten Novembertages ein armes Bauernmädchen aus der Umgebung von Glanegg von Großgmain nach Hause. Es hatte seine Patin besucht, die krank darniederlag und ihre Hilfe in Haus und Hof brauchte.

Das Mädchen half gerne, war umsichtig und packte zu, wo es nötig war, und erwartete dafür keinen Lohn. Vielmehr nahm sie gutherzig von ihren bescheidenen Mahlzeiten etliches mit zu der Kranken, um sie zu stärken und damit zu ihrer Gesundung beizutragen. Das Mädchen war ein schönes Menschenkind, auf welches ein braver Bursch sein Auge geworfen hatte und sie gerne hätte ehelichen wollen.

Die weiße Frau

Auch sie fühlte eine heimliche Liebe zu ihm in ihrem Herzen. Doch wie es nun mal so zusammentrifft, auch er war arm wie eine Kirchenmaus und an eine Heirat durften beide nicht denken.

Als die Dirn auf ihrem Heimweg am Gangsteig die nasse Wiese unweit des oberen Marmorbruches erreichte, erblickte sie mit Staunen eine weißumhüllte wunderschöne Frauengestalt, die auf dem frischgefallenen Schnee einige Flachsbündel ausbreitete.

Sie erschrak, als die geheimnisvolle Frau ihr zuwinkte und sie mit Gebärden aufforderte, zu ihr zu kommen. Zögernd trat sie näher und ein wenig ängstlich schaute sie zur weißen Frau empor, deren gütiges Antlitz die Scheu der Dirn milderte.

Und es sprach jene: „Nimm, mein Kind! Und löse dir die Bündel hier zu deiner Hochzeitsfeier." Gehorsam tat das Mädchen, wie ihm geheißen, und sammelte die Flachsbündel in seine Schürze.

Als sie die Zipfel der Schürze verknotet hatte und aufschaute, war die weiße Frau verschwunden. Von dem seltsamen Ereignis benommen und zugleich erregt, eilte es, so schnell es konnte, nach Hause.

Wie es aber am heimatlichen Herd bei der Mutter die Schürze aufschlug, fielen statt der Flachsbündel herrliche Goldgeschmeide, Perlen und Edelsteine zu Boden und verwandelten den armseligen Raum mit ihrem Blinken und Glitzern in eine Fürstenkammer.

Das war des Mädchens Lohn für ihr gutes hilfreiches Herz, für ihre Bescheidenheit und Folgsamkeit.

Nun wäre noch der Schluß dieser Geschichte zu erzählen, doch den mag sich jeder in den schönsten Farben selbst ausmalen.

# Die übergossene Alm

Wenn man hinaufsteigt zum Blühnbachtor, schaut man auf ein weites Schneefeld, das einen Gletscher bedeckt, und es fällt schwer, sich vorzustellen, daß gerade hier an dieser Stelle sich einst eine fruchtbare Almwiese ausbreitete und eine saftige Weide für viele Hunderte von Kühen bot.

Es muß ein wunderschöner Fleck Erde gewesen sein, der seinen Bewirtschaftern viel Nutzen brachte. Dies führte dann auch zu großem Reichtum, den die Sennerinnen, die dort oben wohnten, weidlich auskosteten.

Sie hatten Milch, Käse und Butter in Fülle, und der Keller barg unzählige Flaschen besten Weines aus Salzburg. Das wußten die Jägersleut zu schätzen, die der Alm recht oft einen Besuch abstatteten und es sich bei den Sennerinnen gut sein ließen.

# Die übergossene Alm

Und weil es halt so üppig zuging, wurden die Mädchen übermütig und waren voller Hoffart. Sie schmückten ihre Rinder mit Glokken aus purem Silber und den Stieren wurden gar die Hörner mit Gold überzogen.

Doch damit nicht genug; um sich tanzend besser herumwirbeln zu lassen, übergossen sie eine große Fläche mit Butter, darauf glitten die Füße wie von selbst im Takt der flotten Weisen.

Haben sie für all die guten Gaben, mit denen sie Schindluder trieben, jemals ein Dankgebet gesprochen? Daran dachten sie nicht, sondern trieben ihren Hochmut auf die Spitze und luden selbst den Teufel mit seinen höllischen Gesellen zu sich ein. Sie wandten sich den Teufelshörnern (zwei Bergspitzen) zu und schrien lauthals ihre Einladung in den Wind.

Die Sterne flimmerten schon am Himmel und es ging auf Mitternacht zu. Spiel, Tanz und berauschender Trank ließ die Sennerinnen immer ausgelassener werden. Sie gebärdeten sich wie toll und wollten unbedingt, daß ihnen der Teufel seine Aufwartung mache.
Da schlug die Uhr zwölf!

Es erhob sich ein starker Wind und es heulte um die Zinnen und ums Haus, daß es einem grauste. Darauf folgte ein schrecklicher Sturm, her vom Funtenseetauern, die Felsen wogten wie Wellen im Meer. Es war, als ob sich der Höllenschlund öffnete und die Alm verschlingen wollte. So geschah es dann auch.
Man sagt, der Teufel hätte seinerseits die Einladung erwidert und

seine „Gäste“ höchstpersönlich mit schaurig tosender Begleitmusik in sein feuriges Reich geholt.

Gleichzeitig donnerte wie eine Lawine vom Himmel die schreckliche Strafe, - das ewige Eis. Es bedeckte im Nu die Alm mit seinen Hütten und dem Vieh. Weder Tiere noch Menschen, die dort oben lebten, wurden je wieder gesehen.

# Ritter Burkhart von Tollenstein

Unweit von Salzburg erhob sich einst stolz eine Ritterburg, die den Adeligen von Tollenstein als Stammsitz diente. Die jeweiligen Burgherren lebten als Raubritter nicht schlecht von Wegezöllen, die sie nach Lust und Laune erhoben. So mancher fahrende Kaufmann starb eines qualvollen Hungertodes, nachdem man ihn all' seiner kostbaren Waren, wie Gewürze und orientalische Seide, beraubt hatte und in den Hungerturm warf. Man „vergaß" ihn einfach. Auch mißliebige Personen, die den Rittern nicht paßten, fanden dort ihr Ende. So ging es einige Generationen fort, bis die Gerichtsbarkeit auch in diesem Landstrich Einfluß bekam und das böse Treiben der Ritter von Tollenstein eindämmte.

Karger wurde das Leben auf der Burg, und als der letzte Sproß des Geschlechts, Ritter Burkhart, der Burg als Hausherr vorstand, zog Armut in das alte Gemäuer ein. Burkhart war ein stattlicher, schöner und beherzter Mann, dessen goldblonde Lockenpracht wie eine Glorie sein Gesicht umstrahlte.

Jedes heiratsfähige Mädchen in seiner Umgebung hätte ihn gern zum Gemahl gewollt, doch er war in leidenschaftlicher Liebe zu einer Adelsdame, Julia von Horst, entbrannt, die er nur einmal gesehen hatte und sogleich in ihr die Verkörperung seines Idealbildes erblickte. Nur sie sollte seine Gemahlin werden, aber ihre Antwort verletzte ihn tief: „Was nützt mir, oh Ritter, Eure Liebe, wenn ich dabei in Eurem Haus verhungern muß?" - Von Stund an dachte Burkhart nur mehr daran, zu Reichtum zu kommen, um damit Julias Jawort zu erkaufen. Er fragte seinen alten Freund, den Burgvogt, um Rat, ob dieser zustimmen würde, wenn Burkhart versuchte, den Schatz der Untersberggnome in seinen Besitz zu bekommen. „Der Herr sei Euch gnädig", rief dieser aus, als er von dem Vorhaben hörte und warnend machte er ihn auf sicher gräßliche Folgen dieses Unternehmens aufmerksam.

Ritter Burkhart

Aber Burkhart schlug die mahnenden Worte in den Wind, sattelte sein Pferd und trabte in die Richtung des Untersberges davon.

Es war ein naßkalter Abend im November, der Sturm heulte durch die Zweige und sie schienen zu rufen: „Zurück - zurück ...", doch er gab seinem Roß die Sporen. Da bäumte sich plötzlich das Pferd auf und neben dem Weg sah der Ritter einen Zwerg sitzen, dessen scharfe Blicke ihn zu durchbohren schienen.

„Was hast Du hier zu suchen? Ich bin Pypo, der König der Gnomen, und kein Sterblicher nähert sich ungestraft meinem Reiche!" Da verlegte der Ritter, der schon sein Schwert gezogen hatte, sich aufs Bitten. Der König möge ihm doch ein wenig von seinen Schätzen abgeben, er würde ihm stets dankbar sein, wenn er nur eine nötige Summe bekäme, um seine Julia zu freien. Der Zwerg lehnte die angebotene Dankbarkeit lachend ab, erklärte sich aber bercit, ihm für jedes blonde Haar mit seiner Wurzel von des Ritters Kopfe einen Tausendgulden-Sack zu schenken. Diesen Handel ging Burkhart gerne ein und freudig ritt er seiner Burg zu und meinte, einen guten Tausch gemacht zu haben.

Nun wurde die Burg mit aller Pracht zum Schloß umgestaltet, viel Dienerschaft angestellt und die Edelleute der Umgebung zu festlichen Bällen und Turnieren eingeladen. So oft aber die Dämmerung kam, ritt Burkhart hinaus zum Untersberg, um sich tausend Gulden zu holen, und ließ dafür ein Haar von seinem Haupte in den Händen des Gnomen zurück. Mit Windeseile verbreitete sich die Nachricht von Burkharts ungeheurem Reichtum und der Hochzeit mit der Gräfin Julia von Horst stand nichts mehr im Weg. Sie wurde mit großem Pomp gefeiert. Auch danach nahmen die Festlichkeiten kein Ende, der Wein floß in Strömen und Julias Ansprüche wuchsen ins Unermeßliche, je mehr dieselben befriedigt wurden.
So vergingen einige Jahre und das Elend nistete sich in Burkharts Hausstand ein. Trunksucht, Völlerei, maßlose Eitelkeit forderten

ihren Tribut, Ekel und Würdelosigkeit waren die Folge. Burkharts Schädel wurde kahl, kein Haar wuchs mehr auf seinem Kopfe, mit dem er hätte tausend Gulden eintauschen können. Der letzte Gulden war ausgegeben. Noch einmal suchte der Ritter den Zwergenkönig auf, um sein Mitleid zu erregen, ihm noch einmal, nur ein einziges Mal, helfen zu wollen. Da warf ihm der Gnom hohnlachend eine goldfarbene Schnur vor die Füße, die aus den blonden Haarlocken des Ritters geflochten war.

In der Burg prangte alles wie gewohnt im Festschmuck, ein großes Turnier sollte seinen Anfang nehmen. Köstliche Speisen waren aufgetragen und Diener standen bereit, die Pokale mit Wein zu füllen. Ritter in schimmernden Rüstungen und Edeldamen wandelten in Samt und Seide durch die Säulenhallen. Man wartete auf den Herrn des Hauses. Ungeduldig lief Julia durch das Schloß, ihn zu suchen und fand ihn auf seiner Liegestatt. Erdrosselt mit einer goldenen Haarschnur um den Hals. Seine erstarrten Hände umklammerten einen Beutel, der tausend Gulden enthielt.

Das war das Ende des letzten aus dem Geschlechte der von Tollenstein. In mondklaren Nächten meint man auf den Ruinen der Grundmauern des Schlosses Gestalten tanzen zu sehen und das Wimmern der Verhungernden, ausgelassenes Weibergekreisch und das Grölen von Trunkenbolden zu hören.

# Die Riesen vom Untersberg

Wer den imposanten Berg vor sich sieht, der wie ein stummer Wächter als Vorposten der österreichischen Alpen an Deutschlands Grenze steht, vermag sich gut vorzustellen, daß er in der bayerischen Sagenwelt einen besonderen Platz einnimmt.

Der berühmt-berüchtigte Untersberg, der einen fast milden Anblick von der Nordseite her bietet, von der Südseite aber schroffe Felswände aus verschiedenfarbigem Marmorgestein aufweist, beherbergt neben Zwergen und Elfen, Feen und Wildfrauen auch Riesen in seinen Schluchten und Klüften.

Die Landleute in seiner Umgebung wissen, daß der Untersberg von Geistern bewohnt wird, die ihnen gut gesinnt und wohlwollend, andere aber boshaft bis bösartig sind.

Schaut man vom Ort Piding auf den Untersberg, so erblickt man einen gewaltigen Felsgraben im Berg, der einst als Lagerstatt dem Mächtigsten der Riesen diente. Er war der Grimmigste von allen und hieß „Abfalter".

Die Riesen

Wenn es um den Berg rumorte, die Blitze zuckend in die Tiefe fuhren und des Donners hundertfaches Echo von den Bergwänden widerhallte, dann bekreuzigten sich die Bewohner des Ortes und flüsterten: „Die Riesen sind aufgewacht."

Bald konnte man die Kolosse hören, wie sie sich zur Nachtzeit auf die Dachfirste der Häuser stützten und diese in ihren Grundfesten erschütterten.

Grob rüttelten sie an den Kaminen und mit glühenden Augen schauten sie in die Fenster. Das Haus wohl verschlossen, ersehnten die verschreckten Menschen den frühen Morgen herbei, dessen anbrechendes Tageslicht die Riesen schleunigst in den Berg zurückkehren ließ.

Voll Zorn warf dann der Riese Abfalter noch Felsblöcke hinunter ins Tal, so daß nach und nach daraus Hügel entstanden, auf denen jetzt die Ortschaften Wals, Maxglan und Liefering zu finden sind. Und wo sind die Riesen geblieben?

Oftmals geschieht es, daß plötzlich bei wolkenlosem blauem Himmel Dünste und Rauchschwaden aus den Klüften des Untersberges emporsteigen und sich riesenhafte Nebelgestalten von gespenstischen Formen langsam schleichend zur Höhe emporwinden.

Dann mag der Phantasievolle den Eindruck haben, daß die Riesen, in weiße Nebel eingehüllt, noch immer hinaus ins weite Tal schauen.

# Das Kuchler- oder Gollingerloch

Die weltberühmte Ansicht des Königssees vom Malerwinkel aus, auf unzähligen Bildern festgehalten, hat den See weit über die Grenzen des Berchtesgadener Landes hinaus bekannt gemacht.

Die erhabene Schönheit des tiefgrünen Wassers läßt jährlich Tausende von Menschen an seine Ufer pilgern, um mit Booten über die stille Fläche zu fahren.

Den Eindruck ganz nahe zu erleben, wie die grauen Felswände aus dem Wasser schroff emporwachsen, kontrastreich und lichtüberflutet, und zu sehen, wie der See seine Umgebung klar widerspiegelt, unterbrochen nur von den zierlichen Wellen, die der Sog des gleitenden Bootes entstehen läßt.

Und es fließen Aussichten vorbei, die wie St. Bartholomä Bilderbucherinnerungen wecken. Schaudernd lauscht man des Bootsführers Bericht über die zahlreichen Opfer, die vor vielen Jahren ein Bootsunglück anläßlich einer Wallfahrt forderte.

Das Kuchlerloch

Und so geht die Fahrt dahin. Bevor das Boot an der grünen Kesselalpe anlegt, sieht man an einer jäh aufsteigenden Wand, wo sich starrer Fels und lebendiges Wasser berühren, eine Aushöhlung, die Kuchler- oder Gollingerloch genannt wird.

An dieser Stelle steht der See mit dem Gollinger Wasserfall in Verbindung, so wissen die Landleute zu erzählen. Würde man in die Höhle Sägespäne werfen, kämen diese im Wasserfall zehn Kilometer jenseits der Alpe durch unterirdische Gänge hindurch wieder zum Vorschein.

In den finsteren Winkeln der Höhle aber soll der Seegeist hausen, der in seinen feuchten Gemächern einen unheimlichen Schatz hütet. Farbige irdene Gefäße bergen die armen Seelen der im Königssee Ertrunkenen.

Unter umgestülpten Töpfen und Schalen warten sie auf ihre Erlösung, die nur einem unschuldigen Menschenkind gelingen kann, wenn es ihm glückt, die verborgene Stätte zu finden und dort die Töpfe umzustürzen vermag.

Erst dann können die Eingeschlossenen eingehen zur ewigen Ruhe. Es ist nie bekannt geworden, ob jemals gewagt wurde, dieses Werk zu vollbringen.

# Die Teufelsmühle am Funtensee

Hinter einem Bergrücken südlich des Königssees liegt inmitten eines Almbodenkessels ein flacher kleiner See, der Funtensee genannt wird. Er bietet einen lieblichen Anblick, denn er ist von einem bunten Wildblumenteppich umgeben, in dem im Sommer der Funtensee-Almrausch saftig rosarot blüht.

Was in diesem grünen Hochtal besonders auffällt, sind die vielen Murmeltiere, in Berchtesgadener Mundart „Mankeis" genannt. Mit ihrem schrillen Schrei machen sie auf sich aufmerksam, und man sieht die Tierfamilien ohne Scheu miteinander spielen.

So saß einst ein Jägersmann am Ufer des Sees lauernd vor den Röhren dieser Tiere und hoffte, eines erlegen zu können, wenn es seinen Bau verläßt. Doch er wartete umsonst, kein Murmeltier ließ sich blicken.

Da hörte er vom gegenüberliegenden Ufer rappelnde Mahlgeräusche und zu seinem Entsetzen sah er dort den Teufel sitzen, der Steine in einer Mühle zu Mehl mahlte und dann zu goldenen Talern formte, die in der Sonne blitzten.

Die Teufelsmühle

„Mei“, so dachte der Jäger, „damit lockt er seine Opfer, ich aber werde nie pures Gold finden.“ Kaum hatte er seine Gedanken leise ausgesprochen, funkelte es neben ihm in der Mankei-Röhre, die er beobachtet hatte.

Da lagen doch tatsächlich Goldtaler, genau vor ihm. Es begann ihn zu frösteln, denn die Versuchung wuchs und ließ seine Bedenken klein und kleiner werden, er hätte ein wenig Reichtum nötig gehabt.

Schließlich griff er ein paar Taler, behielt aber nur einen davon, steckte ihn in seine Tasche und wanderte ins Tal hinunter nach Berchtesgaden. Und weil er ein frommer Mann war, führten ihn seine Schritte geradewegs in die Kirche hinein zum Weihwasserbecken.

Dort tauchte er das Goldstück unter und siehe da, es wandelte sich augenblicklich in seiner Hand zu Stein, so wie sie zu Tausenden rund um den Funtensee und am Teufelshorn zu finden sind.

Als der Teufel merkte, daß sein Spiel verloren war, wurde er fuchsteufelswild und sein Heulen und Lamentieren erschreckte die Fische im Funtensee derart, daß sie starr standen und sich nicht mehr vom Flecke rührten.

Seitdem gibt's im See, wie die Leute erzählen, keine Saiblinge und Forellen mehr. Die Jäger aber sind insgesamt in die Ungunst des Teufels gefallen, und niemand hat mehr etwas von Goldtalern in den Mankei-Röhren gehört.

Unser Jägersmann indes lebte nach diesem Ereignis glücklich und zufrieden und es mangelte ihm an nichts.

Er war reich, auch ohne Gold,
so, wie's der Herrgott hat gewollt.

# Das Weitwiesenweiberl

Das Pankrazkircherl in Karlstein, ganz nahe bei Reichenhall, mag wohl jeder kennen, der das berühmte Bad zur Heilung aufsucht oder auch im Berchtesgadener Land seine Ferien verbringt.

Den Einwohnern ist es ans Herz gewachsen und man weiß, daß es ursprünglich hätte an anderer Stelle errichtet werden sollen. Beim Behauen der Balken für den Bau verletzte sich ein Zimmermann an seiner Hand und Blut tropfte zur Erde.

Da kam ein Vogel und trug einen mit Blut getränkten Holzspan hinauf zum Pankrazfelsen. Das nahm man als Zeichen, daß nur dort die Wallfahrtskirche gebaut werden solle, wie es dann auch geschah.

Am Fuße der Kirche befand sich früher ein Moor. Die Bauern rundum, der Bruckner, der Seppnbauer, der Haiderbauer, der Jodlbauer, der Madlbauer, der Haisenbauer und wie sie alle heißen, wissen zu berichten, daß in diesem Moor ein kleines Weiberl umging.

Das Weitwiesenweiberl

Das muß in den Jahren 72/73 des vorigen Jahrhunderts gewesen sein.

Es war nur ein ganz winziges Weiblein mit schwarzem Gewand und mit einem großen flachen Hut auf dem Kopfe, der mit seiner breiten Krempe sogar ihre Schultern bedeckte. Das Gesicht sah man nicht.

In der Hand trug es einen kleinen Tiegel, in dem ein Lämpchen brannte. Damit begleitete es in der Nacht die Leute, die über die Weitwiese nach Hause gingen. Man wußte nicht, woher es kam, plötzlich war es da und leuchtete den Weg.

Mitunter trieb es auch den Scherz, manche in die Irre zu führen, doch niemand nahm Schaden und kam dann doch sicher heim. Sie flößte keine Furcht ein, sie half mit ihrem Licht, aber bekam kein „Danke" zu hören.

Einmal zerbrach einem Fuhrmann bei stockfinsterer Nacht beim Kalkofen ein Rad am Wagen, im nächsten Augenblick stand das Weiberl neben ihm und leuchtete mit seinem Lämpchen.

Wie froh war der Fuhrmann, daß er beim hellen Schein des Lichts sein Rad wieder herrichten konnte.

„Tausend Dank" rief er, als das Werk geschafft war und das Weitwiesenweiberl antwortete voller Freude: „Hätte an einem Dank schon genug gehabt, jetzt sieht mich niemand mehr!"

Von dieser Stunde an hat niemand mehr das Weitwiesenweiberl gesehen.

# Die Teufelsbeschwörung im Kirchholz

Überall in der Welt lebt oft Reich und Arm so nah beieinander, daß der Gegensatz offen zu Tage tritt, wie schwer manche Menschen um ihr tägliches Brot zu kämpfen haben, während andere in Saus und Braus leben.

So war es auch in der Reichenhaller Gegend, in der die „Salzleute", Stollen- und Quellenbesitzer und Kaufleute aufgrund des kostbaren Salzes seit langen Zeiten ihr gutes Leben hatten, während die Bauern rundum dem steinigen Boden eine halbwegs ausreichende Ernte abringen mußten.

Da wurde wohl so mancher Landmann in die Versuchung gebracht, sein bißchen Hab und Gut auf eine nicht herkömmliche Weise zu vermehren. Hatte er doch stets vor Augen, wie es sich mit etwas mehr Wohlhabenheit besser leben ließe.

Das war noch vor den Bauernkriegen (1525), als die Landleute versuchten, durch sogenannte Teufelsbeschwörungen zu Geld zu kommen.

An dem Fußweg, der vom Kloster Sankt Zeno durch den Wald hinauf zum Klosterhof führt, versammelten sich einst auf einem freien Platz mehrere Bauern und bildeten einen Kreis, während außerhalb einige Burschen standen, um notfalls Hilfe zu holen, denn wer im Kreis stand, konnte sich nicht daraus entfernen.

Einer der Männer las in der Geisterstunde um Mitternacht Sprüche aus seinem Zauberbuche, dem „Kolomansbuche", laut und deutlich vor. Es währte nicht lange, da kam auch schon der Teufel und setzte sich in die Mitte des Kreises auf seinen mitgebrachten Geldsack.

Die Teufelsbeschwörung

Nun galt es, den bösen Geist zu vertreiben, um an das Geld zu gelangen. Das war aber nur möglich, wenn man die eingangs gesagten Zaubersprüche rückwärts las.

Das war ein schwieriges Unterfangen, der Zauberbuchbesitzer brachte es nicht fertig und seine Anstrengungen scheiterten kläglich.

Der Teufel lachte sich ins Fäustchen, denn er würde mit dem Ende der Mitternachtsstunde alle Seelen der im Kreis stehenden Männer ins Fegefeuer holen können, wenn das Rückwärtslesen nicht gelänge.

Da war die Not der Bauern groß und einer der außenstehenden Burschen lief schnell zum Augustinerkloster, einen der Mönche herbeizuholen, um den Teufel zu bannen. Schon neigte sich die Geisterstunde ihrem Ende zu, da kam in letzter Minute der älteste der Patres, ein ehrwürdiger Greis mit langwallendem Bart. Er hob segnend seine Rechte und der Teufel verschwand mitsamt seinem Geldsack.

Die Bauern waren gerettet und froh, mit heiler Haut davongekommen zu sein und schworen, nie mehr den Teufel herbeizurufen.

Zur steten Erinnerung an diesen Schwur und in Dankbarkeit an ihre Rettung pflanzten sie im Wald, genau in der Mitte der Lichtung, einen Baum, der noch heute dort steht und seine mächtigen Äste über das einst gruselige Geschehen ausbreitet.

# Die Glücksblume

Von einem gar seltsamen zauberisch wirkenden Gewächs mit nur einer Blüte erzählt man sich in der Gegend um den Hohen Göll, dem breitschultrigen Grenzberg zwischen Bayern und Österreich.

Die Pflanze, klein von Wuchs, die Blume mit vier leuchtend weißen Blütenblättern ausgestattet, ist nur im Frühjahr ganz hoch oben am Gipfel zu finden.

Die strahlende Blütenkrone sitzt auf einem Kranz von vier grünen Blättern, der von einem dicken fleischigen Stengel gehalten wird. Verborgen im jungen Grün, das sich um die kleine Pflanze herum ausbreitet, ist sie schwer zu entdecken und sie entzieht sich auch den Blicken des sehr sorgsam Suchenden, mag er noch so aufmerksam jedes Stück Erde in Augenschein nehmen.

Nur wenigen gelingt es, sie zu pflücken.

Um ihrer habhaft zu werden, müssen einige Schwierigkeiten gemeistert werden: In der Neujahrsmitternacht gehe man in einen Wald, suche nach einem Zweiglein des Haselnußstrauches, das neun Sprossen hat. Diesen Zweig stecke man daheim in der Stube zu einem Strauß von Palmkätzchen.

Die Glücksblume

Zum 1. Mai zur Mitternacht, wenn Mondschein die Wege und Stege in silbernes Licht taucht, ersteige man mit dem Haselreis in der Hand den Hohen Göll. Dorthin, wohin der Zweig die Richtung weist, muß man sich wenden und keinen Schritt davon abweichen.

Auf dem ganzen Wege gebe man nicht den geringsten Laut von sich und drehe sich kein einziges Mal um, sonst wird es unmöglich, die Blume zu finden.

Einem Bauern aus Golling soll es vor vielen Jahren gelungen sein, die Glücksblume zu erlangen. Seitdem geriet ihm alles, was er unternahm zu seinem Glück. Sein Vieh wurde nie von Seuchen geplagt, kein Unwetter verwüstete die Felder, sein Hausstand war frei von Mißwirtschaft und seine Knechte und Mägde versahen die Tiere und sein Gut mit Fleiß und Achtung.

Er gelangte zu Wohlhabenheit und ließ auch andere an seinem Erfolg teilhaben. Kein Hausierer oder Bittsteller ging unbelohnt von seiner Türe fort. So wirkte die Wunderblume vom Hohen Göll auch wohltuend den Menschen in der Umgebung des Bauern, dessen barmherzige Wohltätigkeit ihm hohes Ansehen im Lande verschaffte.

*Ende*

*Das war eine kleine Auswahl der vielen Sagen,*
*die man sich über Generationen hin erzählt.*